EXTERMINATEUR 17

Les Humanoïdes Associés sur le Web
http://www.**humano.com**

Conception graphique : Stéphane Martinez
Lettrage : Nathalie Rocher

EXTERMINATEUR 17

Première édition : 1979 - Les Humanoïdes Associés
Deuxième édition : 1989 - Les Humanoïdes Associés
Troisième édition : 1996 - Les Humanoïdes Associés
Quatrième édition : 2002 - Les Humanoïdes Associés
© 2002 Les Humanoïdes Associés SA - Genève

Achevé d'imprimer en Mars 2002
sur les presses de l'imprimerie Lesaffre à Tournai en Belgique

Dépôt légal Avril 2002

ISBN : 2 7316 6159 3
43 45079 9

EXTERMINATEUR 17

E17

BILAL · 17 · DIONNET

Les Humanoïdes Associés

ATTAQUE SURPRISE CONTRE PLANETOÏDE NOVACK-REPRESAILLES CONSORTIUM — MOTIF : RUPTURE CONTRAT D'ALLEGENCE — FORCES ENGAGEES :

BARGE TYPE Y – POUVOIR D'EXTERMINATION 7 MOEBIUS – STRATEGIE LOB – PREVISIONS (MARGE D'ERREUR 5F) – VICTOIRE GLOBALE DANS 12'45''

STOP !

AGRAN-DISSEZ L'IMAGE !

CELUI-LÀ !
PAR ELVIS !
NE LE PERDEZ
PAS DE VUE !!!

UN « 17 »...
IL RESTE UN 17,
APRÈS TANT
D'ANNÉE...

EPHRAÏM.
PRENEZ LES
COMMANDES !
VOUS VIENDREZ ME
CHERCHER POUR
LA CÉRÉ-
MONIE...

IL-SEMBLE-ÉMU-
POURQUOI-?

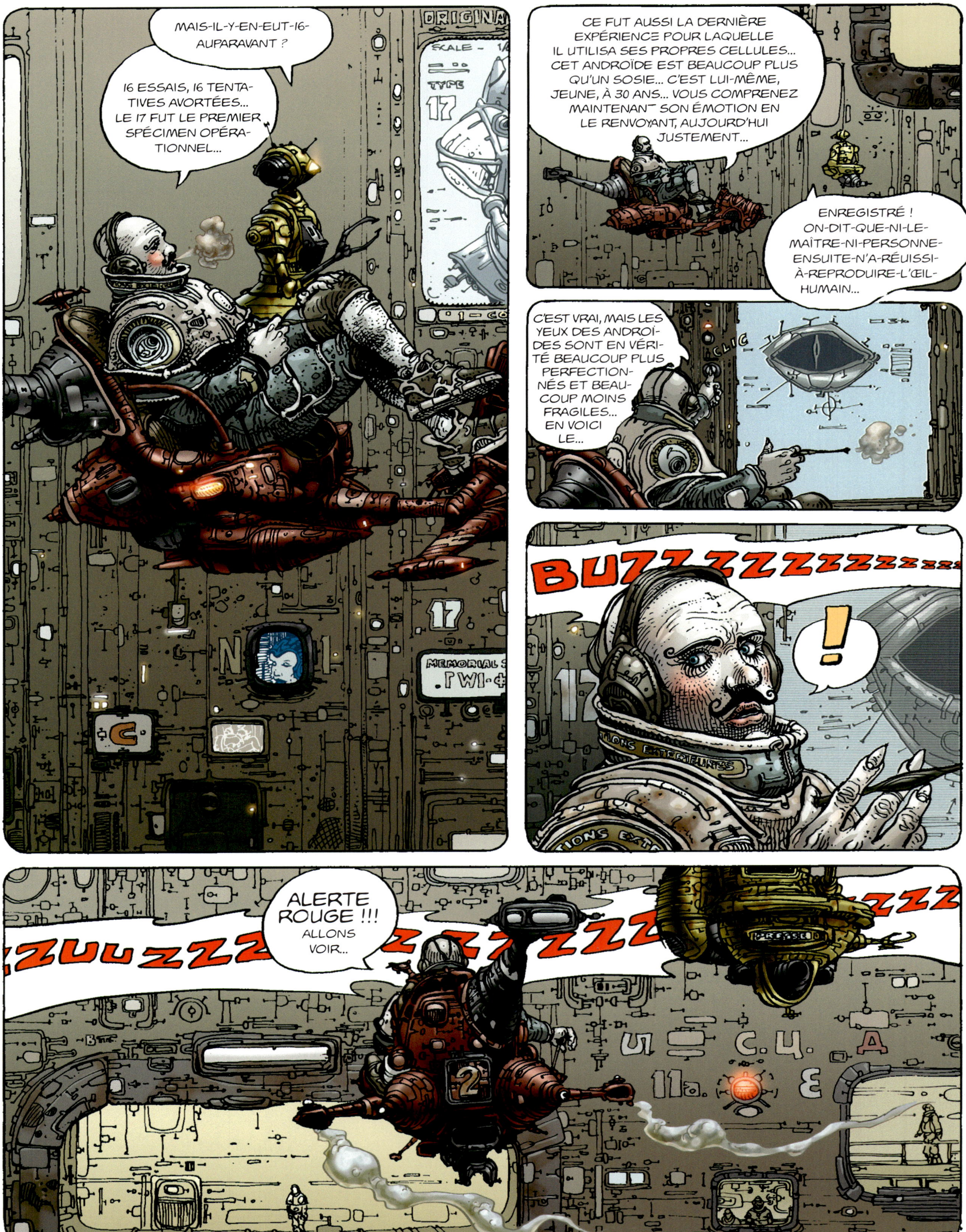
MAIS-IL-Y-EN-EUT-16-AUPARAVANT ?
16 ESSAIS, 16 TENTATIVES AVORTÉES... LE 17 FUT LE PREMIER SPÉCIMEN OPÉRATIONNEL...
CE FUT AUSSI LA DERNIÈRE EXPÉRIENCE POUR LAQUELLE IL UTILISA SES PROPRES CELLULES... CET ANDROÏDE EST BEAUCOUP PLUS QU'UN SOSIE... C'EST LUI-MÊME, JEUNE, À 30 ANS... VOUS COMPRENEZ MAINTENANT SON ÉMOTION EN LE RENVOYANT, AUJOURD'HUI JUSTEMENT...
ENREGISTRÉ ! ON-DIT-QUE-NI-LE-MAÎTRE-NI-PERSONNE-ENSUITE-N'A-RÉUSSI-À-REPRODUIRE-L'ŒIL-HUMAIN...
C'EST VRAI, MAIS LES YEUX DES ANDROÏDES SONT EN VÉRITÉ BEAUCOUP PLUS PERFECTIONNÉS ET BEAUCOUP MOINS FRAGILES... EN VOICI LE...
BUZZZZZZZZZZ
!
ZZUUZZZ
ALERTE ROUGE !!! ALLONS VOIR...
ZZZZZZ

TRAITE RATIFIE PAR SIGMA.
TRAITE RATIFIE PAR SIGMA.
INTERRUPTION IMMEDIATE.....
DE L'OPERATION EN COURS.
....

QUE-SE-PASSE-T-IL ?

LE TRAITÉ EST ENTRÉ EN VIGUEUR IMMÉDIATEMENT... QUAND ON N'A PAS LE TEMPS DE RETIRER LE MATÉRIEL À TERRE, ON LE DÉTRUIT SUR PLACE, AFIN D'ÉVITER TOUTES COMPLICATIONS LÉGALES...

LES ANDROÏDES-DÉSACTIVÉS-SONT-RÉPA-RABLES ?

NON... IMPOSSIBLE DE LES REMETTRE EN MARCHE... TOUS LEURS CIRCUITS S'AUTODÉTRUISENT !

6

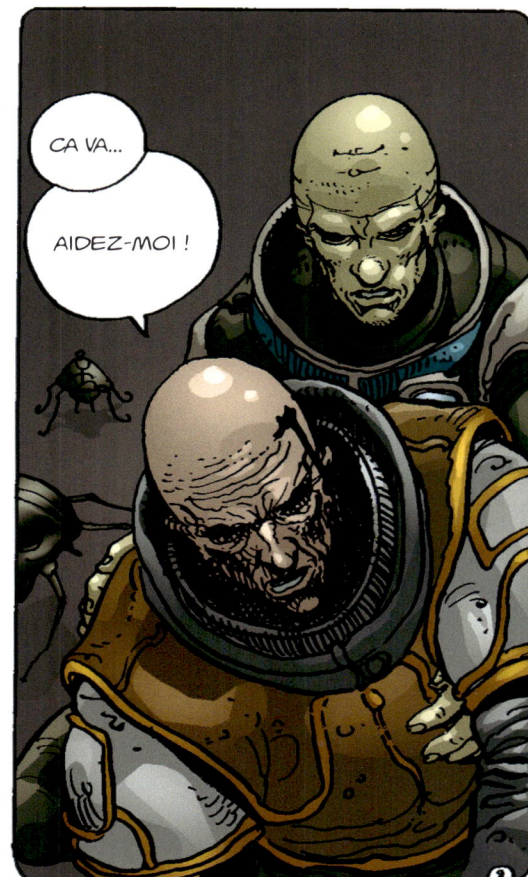

SILENCE !
LE MAÎTRE
VA PARLER !

JE...
VEUX
SEULEMENT
DIRE...

AAAHH...
JE...

9

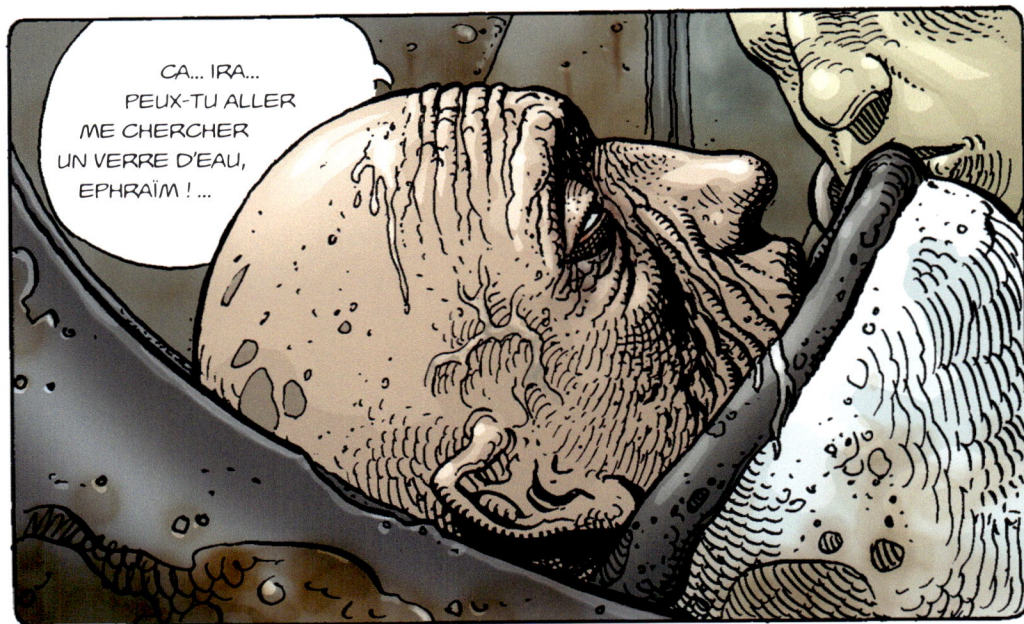

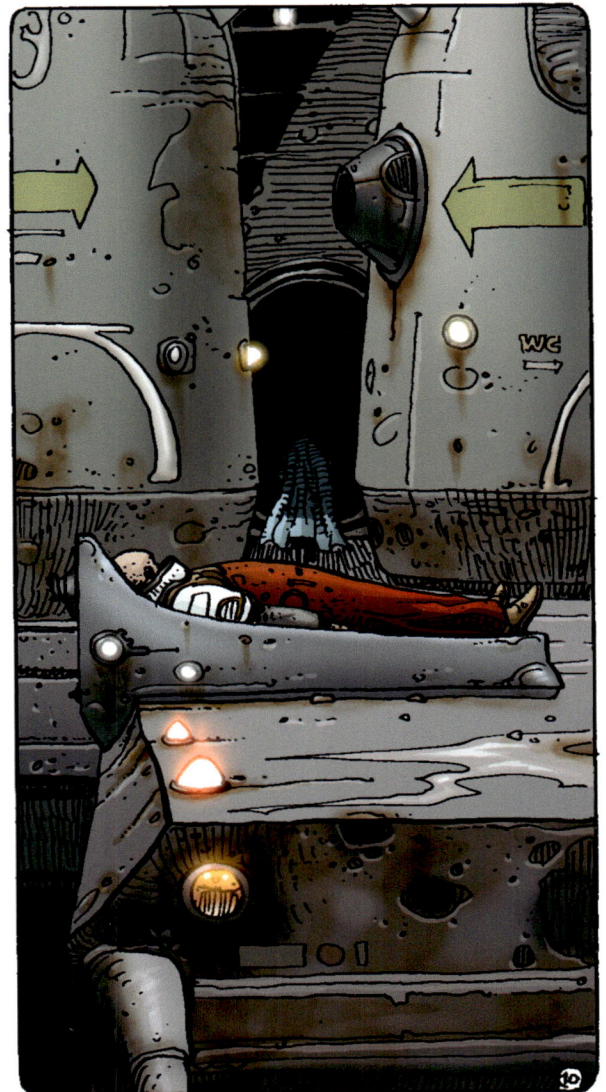

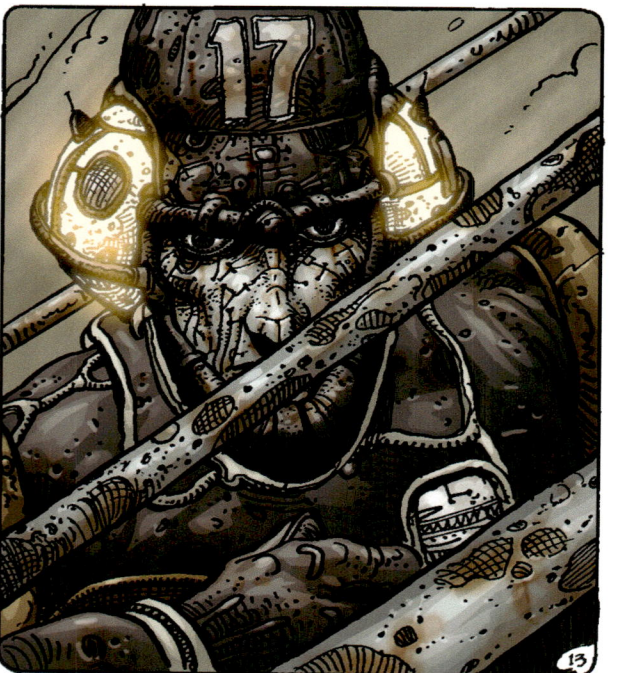

13

ET MAINTENANT CLETON, ME DIRAS-TU COMMENT NOUS ALLONS SORTIR D'ICI ?...

ES-TU SÛR DE VOULOIR RETOURNER SUR TERRE ?

TOUT À FAIT ! LE HASARD M'A DONNÉ UNE SECONDE CHANCE... JE VEUX DÉFAIRE CE QUE J'AI FAIT...

...JE VEUX RENDRE LEUR LIBERTÉ AUX ANDROÏDES...

ALORS, D'ABORD IL FAUT QUE TU CHANGES DE VISAGE... L'ADMINISTRATION TERRIENNE TE REPÈRERAIT AUSSITÔT... SI ÇA SE TROUVE ELLE EST DÉJÀ AU COURANT...

DE PLUS, ICI, À CHAQUE SECONDE, TU RISQUES D'ÊTRE RECONNU ET ABATTU...

TEXTE DIONNET DESSINS SHAL

21

CA VA ?

CA IRA...
JE PENSE
QUE MAINTENANT
ILS NOUS LAISSERONT
TRANQUILLES...

CLETON

COMME TOUS LES « GÉNÉTIC »,
CE VAISSEAU EST PROGRAMMÉ POUR
S'OUVRIR SITÔT SON BUT ATTEINT.

DANS UN QUART D'HEURE,
IL L'ATTEINDRA...

OU PLUTÔT, DANS UN QUART D'HEURE
TU FERAS CROIRE AU VAISSEAU
QU'IL EST ARRIVÉ...

EXTERMINATEUR 17

MAIS COMMENT ?... ATTENDS...
JE CROIS QUE JE COMPRENDS...

CLETON

OUI, TU VAS UTILISER TES POUVOIRS
D'ANDROÏDES POUR SIMULER UNE
ARRIVÉE... ...BRANCHÉ SUR LE CERVEAU
CENTRAL, LE GÉNÉMIND...

...TU LUI DONNERAS SUFFISAMMENT
D'INFORMATIONS POUR QU'IL EN
DÉDUISE QU'IL A TROUVÉ
LA PLANÈTE PROMISE...

...ET QU'IL ENTAME LES PROCÉDURES
D'ATTERRISSAGE...

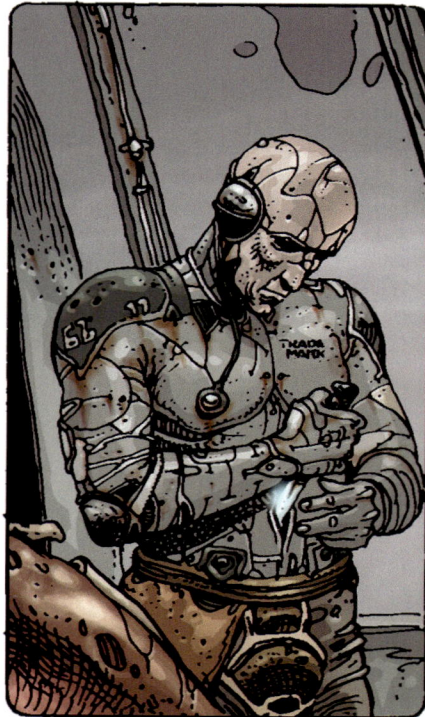

TEXTE J.P. DIONNET DESSINS ISILAL   27

...ET QU'AYANT ATTERRI...

...IL SE DÉSAGRÈGE...

...ENSUITE NOUS ÉMETTRONS UN SIGNAL ET QUELQU'UN VIENDRA NOUS CHERCHER...

EXTERMINATEUR 17

...MAIS LES GENS ?! TOUS LES GENS QUI SONT À BORD ?

CLETON

...ILS ONT DES SCAPHANDRES DE SURVIE ...DE L'AIR POUR SIX JOURS ... ET DE GRANDES CHANCES D'ÊTRE REPÊCHES D'ICI LÀ...

DE TOUTES FAÇONS, C'EST EUX OU LES ANDROÏDES...

28

NOUS ENTRONS DANS LA ZONE DE REPÊCHAGE ! SENSEURS...

PAS LA PEINE... JE LES VOIS... MAIS IL Y A AUTRE CHOSE...

OUI... UN VAISSEAU QUI VA VERS EUX, À PLEINE VITESSE... ATTENDEZ... ON COMMENCE À DISTINGUER SA SILHOUETTE...

!?! C'EST UN NÉO-MANICHÉEN ! VITE ! DEMI-TOUR !

N'OUBLIEZ PAS QUE LE MAÎTRE A DONNÉ ORDRE QUE NOUS L'ATTENDIONS ICI...

A NOTRE PLACE IL AURAIT FILÉ...

DE TOUTE MANIÈRE IL EST TROP TARD... LE NÉO-MANI-CHÉEN LES A DÉJÀ REPÊ-CHÉS...

NOUS N'AURIONS JAMAIS DÛ ACCEPTER QU'ON NOUS SÉPARE DES AUTRES. ILS N'AVAIENT SÛREMENT PAS NOTRE SIGNALEMENT...

C'EST ÇA ET ILS AURAIENT ROUVERT LA SOUTE, DÉVERSANT TOUT LE MONDE DANS LE VIDE...

...ILS N'AURAIENT PAS OSÉ...

ILS N'AURAIENT PAS OSÉ ?! TU OUBLIES QUE CE SONT DES NÉO-MANICHÉENS ET QU'ILS TIENNENT TOUJOURS PAROLE !!!

?

IVSSSSs

LES SEPT PORTES !...
NOUS ALLONS ENFIN
SAVOIR CE QU'ILS
VEULENT !

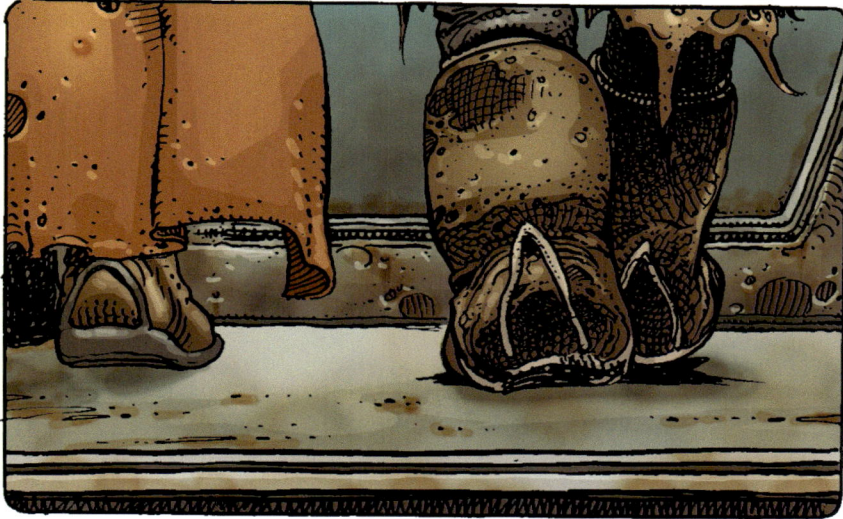

LA SEPTIÈME
PORTE QUI EST
TRANSPARENCE
ET PURETÉ...

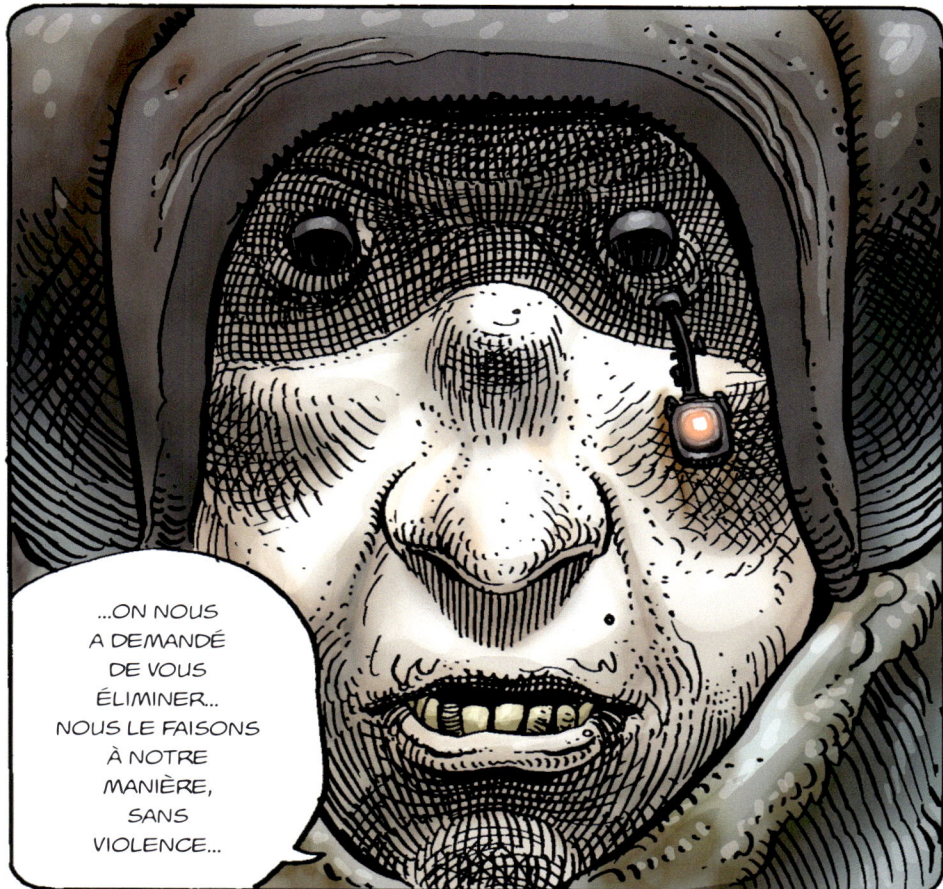

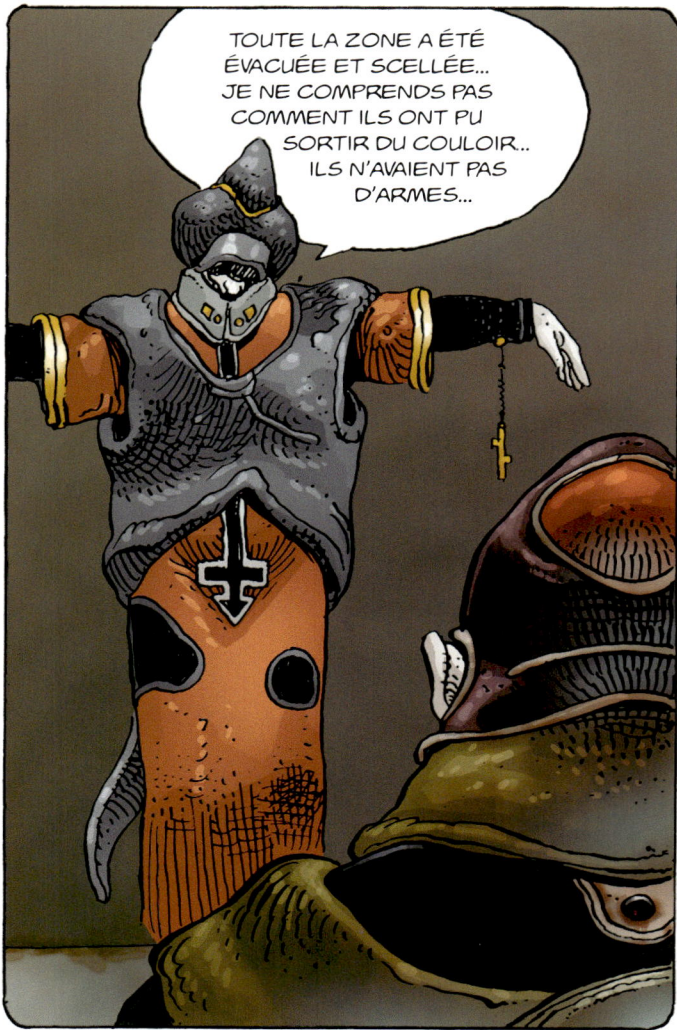

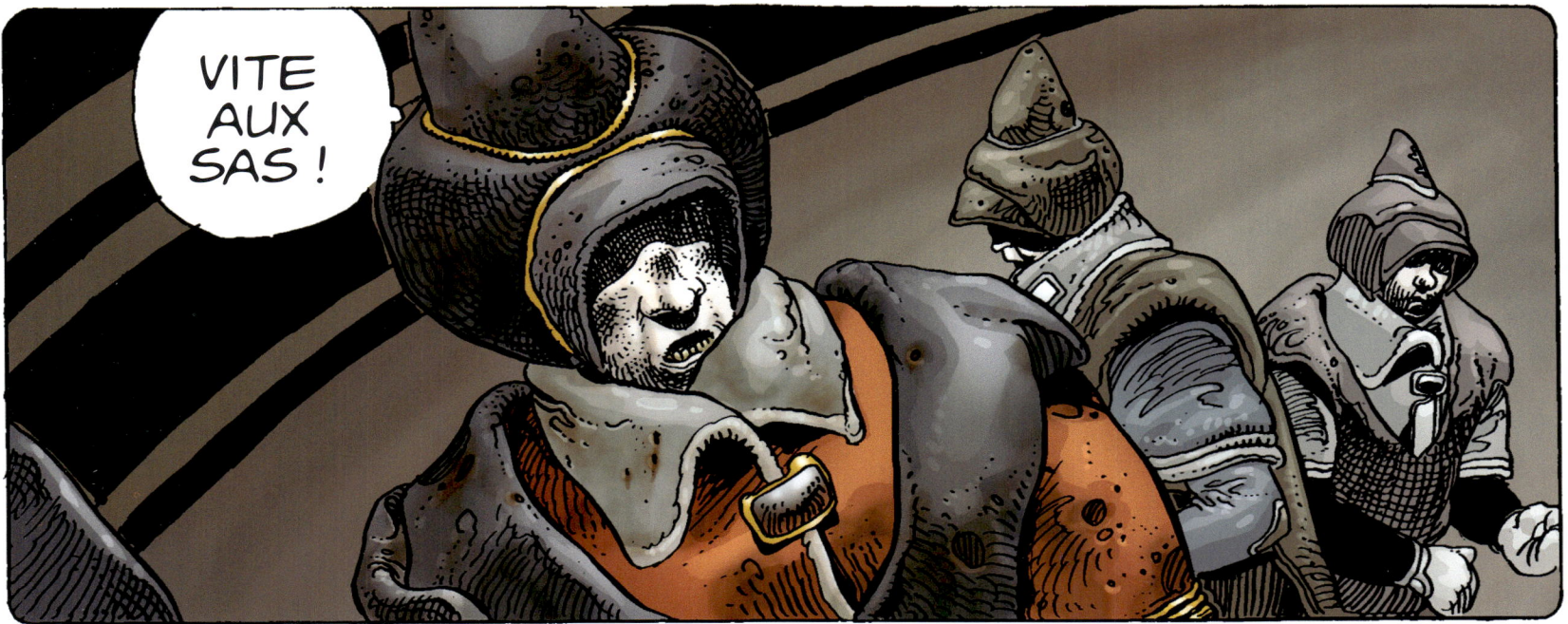

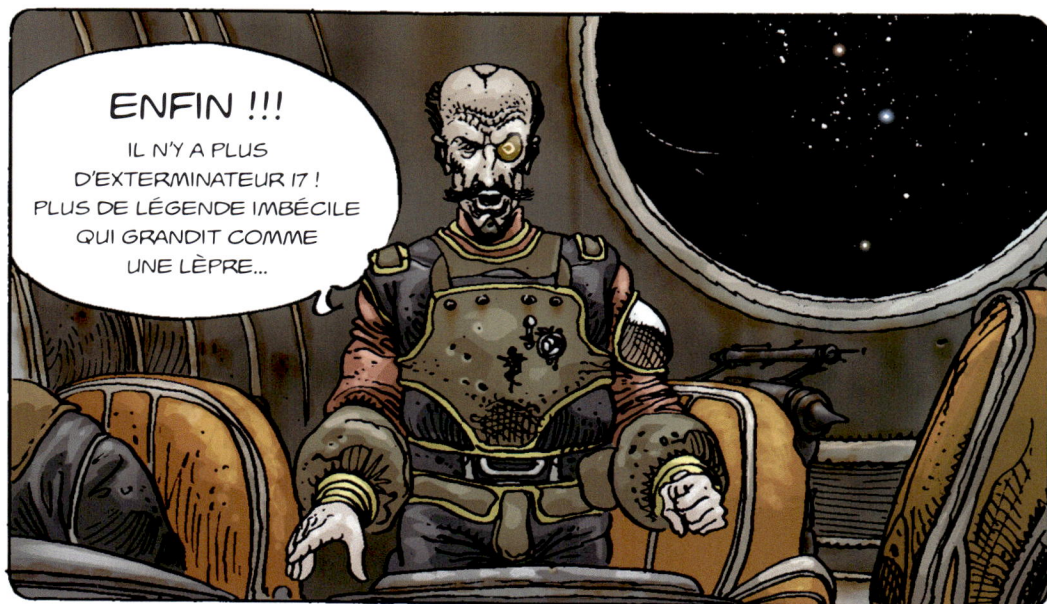

IL A ENCORE DISPARU !

SI JE L'AI ! IL S'EST MATÉRIALISÉ DANS L'ORBITE D'ALPHA
....
NON ! IL DISPARAÎT À NOUVEAU !

INCROYABLE !! LA RÉGION D'HOYLE, GALIGAÏ, ALPHA, IL VIENT VERS NOUS... ET À CETTE VITESSE !

BOOONG

52

LA TOUR SIGRID A DISPARU !

LAISSEZ-MOI SEUL AVEC LUI !

CLETON !?

TU SAIS, J'AI TOUJOURS EU PEUR DE MANQUER... JE N'AI JAMAIS CESSÉ D'ACQUÉRIR DE NOUVELLES CHOSES... UN JOUR JE ME SUIS APERÇU...

...QUE J'AVAIS ACQUIS UN BON TIERS DE LA PLANÈTE, LA MAJEUR PARTIE DE LA PLUS GRANDE FORTERESSE... ET LE CONTRÔLE DES ANDROÏDES !

N'OUBLIE PAS QUE LES NÉO-MANICHÉENS SONT AVEC MOI...
JE SAIS... NOUS POURRIONS NOUS BATTRE, MAIS CROIS-MOI, JE N'EN AI AUCUNE ENVIE...
... D'AILLEURS, DÈS À PRÉSENT LES ANDROÏDES SONT LIBRES !
QUELLES QUE SOIENT TES RAISONS JE TE REMERCIE...
...DONNE-LEUR DES FUSÉES ET ILS S'ENVOLERONT... ...JUSQU'AUX ÉTOILES...

...JUSQU'AUX
ÉTOILES...